Sylvie Bernard

La Clef des cinq mondes

Éditions de la Paix

Collection Passeport

Pour les 9 à 12 ans

***Passeport** représente le visa*
pour l'aventure avec un grand A

Conseil des Arts du Canada — Canada Council for the Arts

SODEC Québec

Les Éditions de la Paix remercient
le Conseil des Arts du Canada et la Sodec de l'aide accordée à son programme de publication et reconnaissent l'aide financière du gouvernement du Canada par l'entremise du Fonds du livre canadien pour ses activités d'édition.

Les Éditions de la Paix bénéficient également du Programme de crédit d'impôt pour l'édition de leurs livres – Gestion SODEC – du gouvernement du Québec.

Sylvie Bernard

La Clef des cinq mondes

Illustré par
Jean-Guy Bégin

Collection Passeport, n° 76

Éditions de la Paix

Pour la beauté des mots et des différences

Maison d'édition | **Les Éditions de la Paix Inc.**
127, rue Lussier
Saint-Alphonse-de-Granby (Qc) J0E 2A0
Tél. et téléc. : 450-375-4765
Rejoignez-nous sur Facebook

Direction littéraire | Gilles Côtes

Révision | Jacques Archambault
Gilles Côtes

Illustration | Jean-Guy Bégin

Infographie | Simon Bousquet
JosianneFortier.com

Dépôt légal 3e trimestre 2011
Bibliothèque nationale du Québec
Bibliothèque nationale du Canada
Imprimé au Canada

Catalogage avant publication de Bibliothèque et Archives nationales du Québec et Bibliothèque et Archives Canada

Bernard, Sylvie, 1962-

La clef des cinq mondes

(Collection Passeport ; no 76)
Pour les jeunes de 9 à 12 ans.

ISBN 978-2-89599-091-8

I. Bégin, Jean-Guy. II. Titre. III. Collection: Collection Passeport (Saint-Alphonse-de-Granby, Québec) ; no 76.

PS8603.E733C53 2011 jC843'.6 C2011-942053-8
PS9603.E733C53 2011

Introduction

Dans une grande ville, au cœur d'un grand pays, sur un grand continent de la planète Terre vivait Ulysse. Jeune garçon à l'imagination débordante, Ulysse s'appliquait à faire sa place parmi les autres élèves de la classe de quatrième année de madame France. Même s'il n'avait que 10 ans, Ulysse avait déjà compris que les démonstrations d'intelligence attiraient toujours la bienveillance de son enseignante. Par-dessus tout, madame France appréciait les longues rédactions, riches en vocabulaire, sans faute d'orthographe et d'un accord parfait. Devant les belles réussites de ses élèves les plus doués, elle s'extasiait, poussant des Oui, et des Très bien, souriant à s'en fendre les joues et embrassant littéralement la feuille de papier.

Ulysse ne faisait malheureusement pas partie de ce groupe d'élèves choyés. Très souvent, il avait de la difficulté à fixer son attention, à écouter et à comprendre tout ce qu'on tentait de lui expliquer. Quand venait le temps de trouver un « terme plus approprié », comme son enseignante le répétait toujours, Ulysse devait travailler dur et n'y arrivait que très rarement. Il ne comprenait pas non plus pourquoi il lui fallait modifier les lettres dans un mot, l'accorder, comme disait madame France, alors que lui, quand il parlait, ne changeait rien. C'était, pensait-il, beaucoup trop compliqué et, surtout, tellement inutile.

Tout en affichant un air détaché, le jeune garçon y pensait de plus en plus souvent. Quelquefois, jaloux de l'attention portée à ses brillants copains, Ulysse faisait le pitre ou jouait de mauvais tours. Malheureusement, cela ne faisait qu'empirer les choses. Madame France se fâchait et lui faisait copier cinq fois de longues phrases comme « À l'avenir, je me comporterai correctement envers tous mes camarades de classe. »

À la maison, les parents d'Ulysse s'inquiétaient beaucoup plus de ses frasques répétées que de ses difficultés d'apprentissage. Sa mère disait souvent qu'elle en avait déjà plein les bras à tenter d'éduquer ses trois garçons et qu'elle n'était malheureusement pas douée pour les instruire. Notre petit homme était bien découragé. Qu'allait-il lui arriver ? Devrait-il oublier son rêve de devenir un jour inventeur de vaisseaux interplanétaires ?

Le temps passait sans que rien vienne redonner espoir à Ulysse, jusqu'au jour où...

C'était un lundi matin, jour de lessive à la maison. Ulysse avait en vain cherché son chandail préféré, celui que son père lui avait acheté au planétarium, l'été précédent. Hélas ! Ce vêtement se trouvait encore au fond du panier de linge sale. En fait, tous les tiroirs de sa commode étaient vides. Heureusement, ou malheureusement pour Ulysse, sa mère trouva vite une solution : il porterait la chemise à motifs colorés de son grand frère jusqu'à l'heure du dîner, où il pourrait se changer.

— Je ne mettrai sûrement pas cette horreur ! s'indigna Ulysse. Tout le monde se moquera de moi et je serai ridiculisé.

— Allons bon, fit sa mère en soupirant. Si tu roules les manches, je suis sûre que personne ne remarquera que c'est un peu grand. Maintenant, file.

***

Tous les jours, Ulysse faisait un petit détour pour rejoindre son ami Horace avec qui il se rendait en classe, mais ce matin-là, son retard l'obligea à marcher directement vers l'école. La cloche venait tout juste de sonner quand il arriva, et les jeunes se pressaient déjà pour regagner leur place respective dans les rangs. Quand il eut rejoint le sien, Ulysse se tint aux aguets. Mais chose étrange et surprenante, il n'y eut aucun fou rire étouffé, aucune remarque désobligeante sur son accoutrement inhabituel. Au moment d'entrer, il avança avec le groupe, content de passer inaperçu.

Fidèle à son habitude, madame France se tenait sur le pas de la porte de la classe, accueillant ses élèves un à un. Ulysse passa très vite devant elle sans remarquer le charmant sourire qu'elle lui destinait. Il s'installa rapidement à son pupitre pour la lecture du matin, ouvrant son livre favori qui parlait d'astronautes et de navettes spatiales. Avec beaucoup d'intérêt, Ulysse commença à déchiffrer les premiers mots, mais son regard glissa rapidement vers les images qui captèrent son attention. Il s'imaginait paraissant sur l'illustration en compagnie des astronautes, tous très reconnaissants du travail qu'il avait accompli.

Il voyait le premier ministre lui remettre une médaille en le remerciant pour services rendus à la nation, ses travaux de recherche poussés ayant permis aux hommes de se rendre sur Mars. Ulysse se mit à rêver en faisant pivoter entre ses doigts le pendentif que son père lui avait offert lors de sa visite au planétarium, comme s'il s'agissait de la médaille. Les minutes passèrent, et la cloche qui annonçait la fin de la période de lecture se fit entendre sans qu'Ulysse ait lu plus de deux lignes. Il avait tout de même l'impression d'avoir appris un tas de choses captivantes, rien qu'en examinant les images.

Mais ce fut quand il releva les yeux, laissant à regret le pays des rêves, qu'Ulysse eut la plus étonnante surprise de sa vie : il n'y avait plus personne dans la classe. En réalité, il n'y avait plus de classe, plus d'école, plus de ville, et peut-être même, se dit Ulysse sous le choc, peut-être même plus de planète Terre.

— Satellite en orbite ! s'exclama-t-il quand il recouvra la parole. Qu'est-ce qui m'arrive ?

— Es-tu d'accord pour faire une balade ? lança une petite voix claire et lointaine.

— Qui a parlé ? demanda Ulysse en scrutant les alentours avec inquiétude. Qui êtes-vous ?

— Je suis ton guide, répondit la voix. Regarde plus bas, juste au bout de ta chaussure.

Ulysse recula sa chaise qui n'émit pour une fois aucun grincement, le plancher de la classe s'étant transformé en une pelouse synthétique d'une couleur indéfinissable. Il se leva en prenant bien garde de ne pas bouger ses pieds ; ce n'était pas le moment d'écraser son étrange interlocuteur. Comme il se penchait pour scruter le sol, il vit que ses chaussures aussi avaient changé d'aspect. L'une était devenue verte et parsemée d'étoiles jaunes. L'autre ressemblait à une cible rouge et blanc. C'est au centre de cette cible qu'il découvrit le petit être bizarre qui lui avait parlé.

— Ça y est, je te vois ! s'écria Ulysse, toujours étonné de ne pas se réveiller.

— Voilà. On m'avait bien dit que tu avais de bons yeux, dit la petite créature en croisant ses deux paires de bras.

— Qui t'a dit que... Es-tu un extraterrestre ? s'enquit Ulysse en se grattant la tête.

— Non, bien sûr que non, répondit le guide, en ricanant. Je suis un Grammien. Oh ! excuse-moi, je ne me suis pas présenté. Je suis Arion, fils de Sépher et petit-fils d'Orian. Je suis, comme je te l'ai dit, ton guide particulier.

— Mais, où suis-je ? Et pourquoi un guide ? Partons-nous en voyage ? interrogea le garçon, espérant avoir atterri sur une étoile lointaine.

— Tant de questions se bousculent dans ta bouche, mon ami. Patience, je te dirai tout, le rassura Arion. Mais avant, aurais-tu l'amabilité de me porter près de ton oreille, j'ai la voix éteinte d'avoir tant crié.

Ulysse s'exécuta, toujours incertain de la réalité de cette apparition parlante. Il plaça donc sa main, paume vers le haut, juste à côté de sa chaussure. Il remonta ensuite le minuscule passager et le déposa sur son pupitre, seule trace de son passage en classe.

— C'est parfait, dit le guide. Je me sens, comment dire, tout à fait dans mon élément. Sur ces mots, Arion s'assit sur le bois égratigné et ajusta ses minuscules lunettes sur son grand nez pointu.

— Maintenant, reprit Ulysse, tu veux bien répondre à mes questions ?

— Oui, je veux bien, dit son interlocuteur. Mais je crois que tu pourrais y répondre toi-même, si tu voulais essayer. Voyons... où crois-tu que nous soyons ? Tu dois bien avoir une petite idée, non ?

— Comment veux-tu que je le sache ? Je n'ai pas l'impression d'avoir bougé, mais tout est différent. Est-ce que je pourrai sortir d'ici ?

— Je vois que tu es inquiet, admit Arion d'un ton qu'il voulait rassurant. Je vais tenter de t'expliquer ce qui t'arrive. En fait, tu n'es allé nulle part. Tu es toujours dans ta classe, mais dans une autre dimension, une dimension qui n'existe que dans ton esprit, dans tes rêves, si tu veux.

— C'est extra ! Et qu'est-ce que je viens faire là ?

— Ça aussi n'appartient qu'à toi. C'est ta quête, ta recherche, ton désir d'atteindre quelque chose d'essentiel pour toi. Quelle peut bien être cette chose que tu désires tant découvrir ou apprendre ?

Ulysse réfléchit. Jamais il ne s'était posé de telles questions. Allait-il enfin découvrir de vraies civilisations extraterrestres, de nouvelles planètes ? Deviendrait-il cet inventeur extraordinaire qui bouleverserait l'histoire de l'humanité ? Arion avait parlé d'une quête. Ulysse savait ce qu'était une quête. Lancelot et les Chevaliers de la Table ronde avaient entrepris la quête du Saint-Graal pour sauver le roi Arthur. Ils avaient fait face aux pires épreuves. Ulysse se rappelait les yeux brillants de son père quand celui-ci lui racontait cette histoire où il était question d'honneur, de courage, d'épreuves et de sorcières maléfiques. Il flaira tout de suite le défi qui se présentait et s'excita.

— Cette quête, demanda-t-il vivement, c'est pour sauver quelqu'un ?

— On pourrait le dire, suggéra Arion. Mais ne t'en fais pas, personne ne risque rien. Ne cherche pas si loin. Dis-moi, Ulysse, quelle est aujourd'hui ta plus grande crainte, ce qui te paralyse, te décourage et t'empêche de croire en tes rêves ?

Ulysse répondit tout de suite que rien ne lui faisait peur, qu'il était un as du hockey et un champion des jeux vidéo. Non, vraiment, il n'y avait rien à son épreuve.

— Et ça pense recevoir des médailles, rétorqua Arion d'un air découragé qui vexa Ulysse.

— Pourquoi pas ? demanda-t-il cavalièrement.

— Pourquoi pas, en effet, répéta le guide. Qu'est-ce qui pourrait bien t'en empêcher ? Après tout, un personnage aussi important que toi peut toujours demander à quelqu'un d'autre d'écrire son discours de remerciement.

— Bah ! répliqua le garçon. Un mot de remerciement, c'est facile à écrire...

« Ulysse, c'est toi qui devra écrire le mot de remerciement qui figurera dans le programme du spectacle de fin d'année. Tu as trois jours pour le rédiger. Voici la liste des personnes qu'il faut remercier. N'oublie pas d'ajouter un mot gentil qui dira à quel point leur collaboration et leur aide ont été précieuses... »

Merci à madame Claudia, notre enseignante de musique, monsieur Claude, notre technicien, madame...

« C'est tout, Ulysse ? Tu n'as oublié personne, mais il manque le petit mot gentil que je t'avais demandé d'ajouter. Et prends soin d'utiliser ta grammaire et ton dictionnaire. Il ne doit pas y avoir de fautes... Un jour, tu auras peut-être à écrire un discours de remerciement. En t'exerçant aujourd'hui, tu apprendras comment le faire de la bonne façon. »

Ulysse cligna des yeux. Pourquoi cet épisode malheureux de sa vie lui revenait-il en tête tout à coup ? Il avait cherché pendant toute une soirée ce qu'il fallait dire, sans succès. Il avait eu quelques bonnes idées, mais dès qu'il tentait de les écrire, il se mettait à douter des mots, de l'orthographe ou des accords, et effaçait tout.

Arion, silencieux, le regardait. Il semblait attendre. Ulysse comprit que son guide ne lui donnerait pas d'autre indice. De toute façon, il n'en avait plus besoin. Sa mémoire s'était chargée de lui fournir la réponse.

— J'ai... je ne... j'ai peur de ne jamais devenir inventeur de vaisseaux interplanétaires parce que je n'arrive pas à écrire correctement, lança-t-il enfin.

— Voilà une bonne réponse, s'exclama Arion en se redressant.

Parvenant difficilement à maintenir son équilibre sur le plan incliné du pupitre, il s'avança vers le jeune garçon et lui fit signe d'approcher. À partir de maintenant, les choses vont changer. Es-tu prêt pour la petite balade ?

— Oui. Enfin, je crois, risqua Ulysse.

— Parfait. Excellent. Très bien, s'extasia le guide, balayant d'un enthousiasme exagéré la timidité soudaine de son compagnon. Nous partons tout de suite. N'aie crainte, il n'y a aucune épreuve que tu ne puisses réussir. N'oublie pas que je suis ton guide et que j'ai une réputation à maintenir.

— Où allons-nous ? s'enquit Ulysse, rassuré.

— Voilà qui est bien ! s'exclama Arion. Voici donc la clef.

Arion fit un pas de côté, dévoilant derrière lui un écrin métallique en forme de torpille. Ulysse était fasciné. D'une main tremblante, il saisit l'objet et l'ouvrit pour en découvrir le contenu.

— Mais ce n'est pas une clef... balbutia-t-il avec déception. Ce n'est qu'un crayon. Et il n'a même pas de mine. Je pourrais... j'en ai beaucoup dans mon étui et je...

— Tsst ! Tsst ! l'interrompit Arion. Ce crayon est ta clef. Il te sera utile, crois-moi. Maintenant, viens. Je vais te montrer le point de départ de notre voyage, de ta quête, si tu préfères. Mets donc ce crayon dans la poche de ta chemise, il y sera en sécurité. Je préfère de loin m'installer sur ton épaule, tout près de ton oreille, assura-t-il en se hissant sur la manche de tissu léger. Quelle bonne idée de porter cette chemise ce matin; elle est parfaite.

Confiant, il se dirigea vers l'endroit que lui désignait Arion, une arche lumineuse qui avait remplacé la porte de la classe. De l'endroit où ils se trouvaient, l'arche était le seul objet qu'on pouvait apercevoir, mais ce qu'Ulysse découvrit de l'autre côté du portail lui fit écarquiller les yeux. Encore une fois, il fut saisi d'étonnement par le décor qui s'offrait à sa vue. Le paysage était... différent. Rien à voir avec cette bonne vieille planète Terre. Le sentier sur lequel il se trouvait semblait flotter dans un espace monochrome où il fallait, pour apercevoir les détails du décor, concentrer son regard sur un seul point, le reste du paysage demeurant flou.

Au bout d'un moment, Ulysse distingua d'étranges sculptures qui jaillissaient du plafond et des murs. Car il y avait un plafond, mais pas de ciel. Pourtant l'éclairage semblait naturel, comme celui de la lumière du jour. Il chercha en vain un soleil. Rien. Cette luminosité paraissait émaner du matériau qui composait la cloison de ce curieux univers. Ulysse en avait le souffle coupé. C'était exactement comme ça qu'il imaginait la planète qu'il découvrirait un jour. Il se secoua.

Son beau rêve achevait peut-être, et il devait continuer. Tournant légèrement la tête, il aperçut un socle sur lequel était posé un petit appareil dont le couvercle soulevé laissait voir un écran. Cela ressemblait étrangement à une console de jeu vidéo de poche, mais Ulysse préféra s'en assurer.

— Qu'est-ce que c'est ? demanda-t-il à Arion.

— C'est ton carnet de route, répondit Arion en bâillant. Excuse-moi, j'ai dû faire un petit somme. Tu dois le prendre avec toi. Chaque touche correspond à une page, à un écran différent. Dans chaque page, il y a un espace où tu écriras, avec le drôle de crayon, la formule magique que tu auras trouvée. Il y en a cinq en tout, une pour chacun des endroits que nous visiterons. Chaque formule te donne droit à une clef, une vraie clef, se hâta-t-il d'ajouter. Les cinq clefs en poche, tu pourras ouvrir le coffre au trésor. Mais je t'en dis trop pour l'instant ; avance et tu verras.

Ulysse, curieux, s'empara de l'appareil et l'examina. Il appuya sur une touche et vit l'écran s'illuminer. Chaque page, abondamment illustrée, décrivait une halte : le Faubourg des noms, la Vallée des déterminants, le Canton des adjectifs, le Hameau des verbes et, finalement, le Ruisseau des marqueurs de relation. Il rigola. Présentés de cette façon, tous ces mots lui semblaient moins ennuyeux. Il ferma l'appareil et l'inséra dans l'autre poche de sa chemise. Décidément, ce vêtement devenait très utile. Il avança ensuite sur le sentier, cherchant du regard un indice sur la direction à suivre.

Il parvint à un croisement après avoir franchi quelques mètres. Un grand poteau flanqué de flèches plus ou moins tordues trônait au centre de l'intersection. Les cinq destinations, toutes plus invitantes les unes que les autres, apparaissaient sur des écriteaux.

Pensant demander conseil à Arion, Ulysse inclina la tête vers son épaule. C'était peine perdue. Son guide se prélassait au cœur d'un des motifs qui

Ruisseau des marqueurs de relation
Hameau des verbes
Canton des adjectifs
Vallée des déterminants
Faubourg des noms

ornaient la chemise, les yeux fermés et la respiration ronflante. N'hésitant qu'une seconde, il sortit son appareil et le consulta. Après avoir réfléchi, il décida de suivre l'ordre suggéré par les touches numérotées et prit le chemin de gauche, celui qui menait au Faubourg des noms.

1

Le Faubourg des noms

Le Faubourg des noms était aussi un monde très particulier. Les habitants, de petits personnages extravagants, évoluaient à travers un enchevêtrement complexe de tubes de toutes dimensions et aux multiples couleurs. De grosses boules de verre pendaient çà et là, lançant des éclairs de lumière. À l'intérieur de ce meccano tubulaire géant, les noms s'affairaient à leurs tâches quotidiennes. Pour certains d'entre eux, c'était aussi jour de lessive. Ulysse aperçut, bien alignés sur des cordes à linge, ce qui ressemblait à des gilets de hockey. Cependant, ces maillots colorés affichaient des E, des S, des X et d'autres lettres de l'alphabet en guise de numéros. « Bizarre, cet endroit, pensa Ulysse en pénétrant au cœur du Faubourg. Je me demande qui pourra m'indiquer où trouver ce que je cherche. »

Puis il aperçut une place aménagée en demi-cercle, où des noms apparemment importants discutaient fortement. Lentement, il s'approcha pour écouter.

— Il faudrait pourtant arriver à s'entendre, se plaignait un des noms. Je le répète : moi, je suis contre. Je ne tiens pas du tout à céder cette parcelle de terre aux déterminants. C'est déjà assez pénible de les avoir toujours dans nos pattes.

— Il a raison, renchérit un second nom, si ça continue, tout le Faubourg leur appartiendra ; c'est ridicule. J'admets qu'ils ont leur utilité, mais jamais ils ne deviendront aussi importants que nous. De bons compagnons, voilà ce qu'ils sont, rien de plus.

— Eh bien moi, je ne pense pas du tout comme vous, s'emporta un troisième nom. Je suis persuadé que nous devrions unir nos territoires et faciliter ainsi la cohabitation de nos peuples, ce qui, vous devez l'admettre, est essentiel pour obtenir un accord parfait. De plus, je vous rappelle que sans les déterminants, il serait difficile de défendre notre rôle auprès des pronoms. Ils peuvent facilement nous remplacer, et ils n'ont pas besoin de compagnons, eux.

Ulysse n'en croyait pas ses oreilles. Les noms se querellaient entre eux au sujet des déterminants. Quel scénario rigolo ! pensa-t-il en se rapprochant pour mieux entendre leurs propos enflammés. C'est alors qu'il trébucha sur un tuyau qui affleurait le sol. Il tenta tant bien que mal de s'accrocher aux boules de verre qui le surplombaient afin d'éviter la chute, mais ce fut peine perdue. Poussé par l'élan, il atterrit ventre à terre au beau milieu du rassemblement. On aurait dit Gulliver chez les Lilliputiens.

Curieusement, les noms ne semblèrent pas s'étonner outre mesure d'une arrivée aussi inopinée, et surtout aussi spectaculaire. La plupart ne prirent même pas la peine de reculer, préférant regarder ailleurs en sifflant ou en soupirant. Ulysse se releva rapidement, légèrement froissé par cette attitude indifférente. Il s'apprêtait à présenter ses excuses quand une voix étouffée attira son attention.

— Arion ! cria-t-il tout à coup, très inquiet de l'état de son guide, où es-tu ?

— Je suis tombé au fond de ta poche, haleta ce dernier, celle où tu as rangé le crayon. En riant, Ulysse glissa délicatement son index dans l'orifice afin qu'Arion s'y agrippe. Celui-ci apparut enfin, légèrement étourdi, mais sans blessure autre que celle infligée à son amour-propre. Dis donc, mon ami, regarde où tu poses les pieds la prochaine fois.

— Je suis désolé, poursuivit Ulysse en grimaçant un sourire. Je ferai très attention à l'avenir. Veux-tu reprendre ta place maintenant ?

— Oui, car je crois que tu auras bientôt besoin de mon aide, affirma Arion en secouant sa redingote.

Ulysse demeura immobile, le temps qu'Arion s'installe à nouveau au creux de son épaule. Il put ainsi observer l'étrange comportement des noms qui étaient encore présents, la plupart ayant quitté l'endroit pour vaquer à de quelconques occupations. En fait, il n'en restait que quatre.

Trois d'entre eux discutaient à voix basse en se jetant des regards complices. Le quatrième, en retrait, observait la scène en hochant la tête. C'était un nom apparemment âgé. Sa longue barbe blanche lui chatouillait le bout des orteils. Ses sandales de cuir étaient usées, marquées par des années de bons et loyaux services. Le regard d'Ulysse remonta lentement le long de la silhouette du vieillard jusqu'à ce qu'il atteigne les yeux qui le fixaient d'un air moqueur. Surpris, Ulysse soutint son regard.

— Ainsi, tu m'observes, petit homme, dit le nom à Ulysse, lequel trouva l'adjectif plutôt mal choisi,

U
E
X
S
R
i
T

étant donné son avantage marqué sur la taille de son interlocuteur. Observer les autres, c'est mon passe-temps préféré. Je comprends facilement devoir subir ce genre d'examen de temps à autre.

— Vous ne semblez pourtant pas avoir de si bons yeux, remarqua Ulysse en s'approchant prudemment. Ma mère plisse toujours les yeux quand elle ne porte pas ses lunettes, exactement comme vous.

— L'âge, mon petit, l'âge. Heureusement, la douceur sucrée de l'expérience atténue l'amertume de l'âge…

— Qui êtes-vous ?

— Je suis le sage, un nom commun masculin et singulier, dit-il. C'est moi que l'on consulte quand un problème se pose, quand une question demeure sans réponse ou quand les opinions s'opposent. Après tant d'années à observer les autres, j'ai réponse à tout… ou presque.

Ulysse sentit l'excitation le gagner. Ce vieux sage devait connaître la formule magique. Il lui fallait absolument continuer la conversation. « Je me nomme Ulysse, un enfant masculin et singulier, annonça-t-il, pris d'une inspiration soudaine. J'ai des tonnes de questions. Je… »

— Pas si vite, pas si vite, mon garçon, tu m'étourdis, souffla le vieillard en s'appuyant sur son bâton. Asseyons-nous d'abord, nous parlerons ensuite, ajouta-t-il en désignant une longue structure rectangulaire traversée par deux tuyaux, bien ancrés dans le sol.

Tout en s'approchant de ce qu'il supposait être un banc, Ulysse tenta d'attirer l'attention d'Arion, toujours logé sur son épaule gauche. Il en était à sa troisième tentative quand le sage l'interrompit : « Ne te fatigue pas, il dort. »

— Que dites-vous ? demanda Ulysse.

— Il dort, répéta-t-il, Ton guide roupille et il ronfle probablement.

— Mais… comment savez-vous que… ? hésita le garçon.

— Je te l’ai dit, je sais tout, poursuivit-il. Arion est un vieil ami. Je connais depuis longtemps son penchant pour les longues siestes.

— Oh ! s’étonna Ulysse, je vois.

Il parut rassuré, mais en fait, il s’inquiétait un peu. Sans un guide bien réveillé pour le conseiller, il craignait de ne pas réussir. Il s’approcha néanmoins du siège et s’y installa. Une légère brise soufflait maintenant sur la place, entraînant une volée de petits confettis argentés.

Quelques-uns vinrent se poser sur le corps et la tête d'Ulysse.

— Te voilà tout décoré, lui dit le sage. Un peu comme les noms qui se parent d'adjectifs... Oh ! excuse-moi, je parle trop. Tu avais, disais-tu, beaucoup de questions à poser ?

— Je ne sais trop par où commencer, avoua Ulysse en secouant son épaule pour réveiller Arion.

— Que cherches-tu donc ?

— Je dois trouver une formule magique et l'inscrire dans cette espèce d'ordinateur, répondit-il en exhibant son appareil. Mais Arion ne m'a pas dit de quoi il s'agissait, enfin, pas exactement.

— Je crois pouvoir t'aider. Mais dis-moi d'abord ce que tu penses de mon peuple.

— Les habitants sont très... étranges, répondit le garçon après une longue hésitation. Ils ne ressemblent en rien aux hommes de ma planète. Qui sont-ils vraiment ?

— Les noms sont très différents les uns des autres, tu as dû t'en apercevoir. Les uns sont animés, les autres pas. Quelques-uns ont un genre particulier, d'autres en changent. Certains sont criants de réalité, d'autres passent plutôt inaperçus. Plusieurs sont des solitaires, d'autres ne vivent qu'en groupe.

Beaucoup portent les maillots des formes, certains n'en possèdent qu'un. Ces derniers font d'ailleurs rarement la lessive, les chanceux.

Ulysse fronça les sourcils. Il trouvait que ce vieux sage avait une façon bien particulière de présenter les choses, mais cela lui rappela les cordées de linge qu'il avait aperçues en arrivant aux abords du Faubourg. Des S, des E, des X sur le devant des gilets qui volaient au vent. « Les maillots des formes ? Qu'est-ce que c'est ? Et pourquoi les noms en portent-ils ? Est-ce qu'ils jouent au hockey ? »

— Je vois, dit le sage, qu'il faut que je t'explique. Chaque nom possède son ou ses propres maillots qu'il ne peut échanger. Celui qui écrit un nom doit les connaître et savoir quand les utiliser. Cela dit, ta mémoire peut en retenir beaucoup plus que tu le penses. Ceux que tu n'auras pas retenus, tu les trouveras dans ton dictionnaire ou ta grammaire. Mais tout ça importe peu...

— Ce n'est pas ce que prétend madame France, rétorqua Ulysse.

— Qui est madame France ? demanda le sage en lissant sa longue barbe.

— Madame France est mon enseignante, répondit le garçon en grimaçant. Elle dit toujours qu'écrire sans fautes est de la première importance.

— *Magister dixit.*

— Quoi ?

— *Magister dixit.* Le maître l'a dit.

— C'est la formule magique ? haleta Ulysse tout excité. Pouvez-vous la répéter ? Je dois l'écrire.

— Mais non, s'exclama le sage en rigolant, ce n'est pas une formule magique.

C'est une expression très ancienne qui nous vient de Pythagore, un grand penseur grec. Ça veut dire que tu peux te fier à la personne dont tu sais qu'elle fait autorité en la matière, à ton enseignante par exemple.

— Ah ! fit Ulysse, très déçu. Je croyais... je trouvais que c'était une belle formule magique. Je pensais...

— Tu pensais être demeuré assez longtemps avec nous ? s'enquit le vieux nom. Peut-être... Alors, dis-moi, comment arriveras-tu à écrire tous les noms en ne faisant aucune faute ?

— J'apprendrai par cœur tous les maillots des formes de tous les noms ? risqua Ulysse.

— Et ?

— Je chercherai dans le dictionnaire ceux que j'aurai oubliés ?

— Et ?

— Je ?...

— Je vois deux grands points d'interrogation dans tes yeux, mon ami, et j'en suis heureux. Dis-moi Ulysse, joues-tu au hockey ?

— Euh... oui. Je joue chaque hiver depuis trois ans, répondit Ulysse, surpris par la question.

— Bien. Quand tu joues au hockey sur la patinoire, quelles chaussures portes-tu ?

— Des patins, voyons !

— Et quand tu te prépares pour ton match, tu mets bien tes patins dans ton grand sac, n'est-ce pas ?

— Évidemment, sinon je ne pourrais pas jouer.

— Encore une question : quand tu reviens à la maison, portes-tu toujours tes patins ?

— Sûr que non ! Ma mère ne me laisserait jamais entrer ; je pourrais égratigner le plancher.

— Donc, tu portes tes patins seulement pour jouer au hockey. À la maison, tu portes des espadrilles ?

— Oui, répondit Ulysse qui se demandait où voulait en venir le vieillard.

— Et tu dors pieds nus ?

— J'enfile parfois des chaussettes, mais...

— Tu portes donc les chaussures qui conviennent à l'activité que tu pratiques ?

— C'est ça.

— Si tu étais un nom dans une phrase, lequel de tes maillots porterais-tu ?

Ulysse fut surpris par la question. Il avait facilement répondu à celles concernant ses chaussures, mais cette dernière demandait réflexion. Au bout d'un moment, il risqua une réponse :

— J'imagine que je devrais choisir celui qui convient à l'activité que je pratique, dit Ulysse après avoir réfléchi. Il commençait à y voir plus clair.

— Voilà. Dans toutes les phrases que tu écris, les noms pratiquent des activités différentes. Et c'est toi qui dois les habiller pour l'occasion. C'est ce qu'on appelle « former le nom ». C'est très important. Tu ne voudrais pas d'un nom qui grelotte, torse nu sur la patinoire. Et tu ne voudrais pas non plus d'un nom qui égratigne ta phrase avec les pointes du X qu'il ne doit pas porter.

Ulysse ne voulait plus de phrases égratignées. Il savait aussi que chaque fois qu'il écrirait un nom, il penserait aux patins et aux maillots sur la corde à linge. Il ne l'oublierait jamais. Ça, non ! Il se sentait plus léger, même heureux. Une ombre passa cependant dans son regard illuminé ; il n'avait toujours pas trouvé la formule magique. Le sage, faisant mine de ne rien remarquer, se leva péniblement et se mit à observer les alentours.

— *Bien formé tu seras, quand bon maillot tu porteras,* lança-t-il sans se retourner.

Ulysse sursauta. Qu'est-ce qu'il avait dit ? Bien formé tu seras, quand bon maillot tu porteras ? Il voulut rattraper le vieillard, mais celui-ci s'était déjà éloigné d'un pas étonnamment alerte. Soudain, il comprit. Le sage lui avait fait un cadeau d'adieu : la formule magique. Il scruta l'horizon et aperçut le curieux personnage qui était déjà loin. Crier n'aurait servi à rien. Ulysse fit un salut de la main, un signe d'adieu que lui rendit le sage, sans même se retourner.

« Lui aussi doit être un peu magique », se dit Ulysse en appuyant sur la touche numéro 1 de son appareil.

Puis lentement, il traça chacun des mots de la formule magique sur la page du Faubourg des noms, en prenant soin de vérifier si le nom « maillot », dans cette phrase, devait porter un maillot.

2

La Vallée des déterminants

Encouragé par sa première réussite, Ulysse avait parcouru d'un pas rapide la distance séparant le Faubourg des noms de la Vallée des déterminants. Croyant maintenant bien connaître le pays et ses habitants, il se sentait confiant et rassuré sur la suite de son aventure. Il ne prit donc pas la peine de réveiller Arion, qui dormait toujours sur son épaule, avant de franchir le seuil de la Vallée qui voisinait le Faubourg. Cette fois, une cloche suspendue à une corde tombée du ciel lui indiqua qu'il avait atteint l'entrée. Ulysse la fit tinter et attendit.

— Nom ? siffla une voix autoritaire.

Ulysse sursauta. Il n'apercevait pas âme qui vive. Il s'apprêtait à demander à qui appartenait cette voix quand il fut interrompu :

— Pronom ? reprit la voix, toujours aussi peu aimable.

Ulysse gigota. Il ne se sentait pas le bienvenu. C'était le moment de demander l'aide d'Arion. Celui-ci grogna, se retourna et... se rendormit. Ulysse pesta contre la paresse de son guide. Il devrait se débrouiller tout seul, encore une fois. Prenant une bonne respiration, il déclara : « Enfant ! ».

C'est alors que tout autour de lui se mit à bouger. Le chemin sur lequel il se tenait se mit à avancer à la manière d'un tapis roulant. De chaque côté, des trappes dissimulées sous la pelouse s'ouvrirent une à une, laissant émerger du sous-sol d'étranges patères, toutes recouvertes de chapeaux aux formes et aux couleurs variées.

— Faites votre choix parmi notre vaste sélection, reprit la voix, d'un ton franchement plus invitant. À votre gauche, les déterminants articles définis ; à votre droite, les déterminants possessifs ; plus loin dans la

Vallée, sur la patère de bois de rose, vous trouverez les déterminants démonstratifs...

Ulysse n'écoutait plus. Ce monde, encore plus étonnant que le précédent, exerçait sur lui une étrange fascination. Les chapeaux, groupés au sommet des patères, affichaient ce qui semblait être leur plus beau sourire, chacun se voulant plus attrayant que l'autre, plus accrocheur. Ils attendaient tous que le promeneur fasse son choix, mais celui-ci était beaucoup trop absorbé dans la contemplation du spectacle inouï qui défilait devant ses yeux.

Quand il réussit enfin à sortir de son état hypnotique, Ulysse fit un bond pour descendre du tapis roulant. Une alarme stridente perça alors ses tympans et, avant qu'il se rende compte de ce qui se passait, deux énormes casquettes de policiers aux bras musclés le saisirent en lui intimant l'ordre de les suivre.

— Vous avez enfreint le règlement, dit l'un des deux agents. Il est formellement interdit de quitter le chemin qui bouge, sous peine de sanction sévère.

— Mais... souffla Ulysse apeuré, je ne le savais pas. Je ne suis jamais venu ici et j'ignore tout de vos lois. Vous ne pouvez pas m'arrêter.

— L'ignorance de la loi n'est pas une excuse, rétorqua l'autre agent. Nous devons faire respecter l'ordre dans cette vallée. Vous, les noms, croyez que tout vous est permis. Dans quel monde vivons-nous ? Allez, venez.

Ulysse, désorienté, suivit les gardes. Peut-être y aurait-il, là où ils l'emmenaient, quelqu'un qui l'écouterait. Il pourrait lui expliquer, lui dire qu'il n'était pas un nom, qu'il était à la recherche d'une formule magique et que... Arion.

— Arion. Arion, chuchota-t-il en approchant sa bouche le plus près possible de son épaule. Réveille-toi, grand paresseux. J'ai vraiment besoin d'aide, cette fois.

Mais aucune réponse, si endormie soit-elle, ne lui parvint. Ulysse commença à s'inquiéter sérieusement. Arion était-il toujours sur son épaule ? Soudainement envahi par la terrible impression qu'il était arrivé malheur à son guide, il tourna la tête en direction du tapis qui avait repris sa course. C'est alors qu'il le vit, couché sur le dos, les bras en croix, les pieds ballottant. Il semblait dormir, mais peut-être s'était-il blessé dans sa chute ?

Craignant le pire, Ulysse se mit à remuer dans tous les sens afin de se dégager des bras costauds qui le retenaient. Mû par un courage inattendu, il réussit à déstabiliser les gardes et à s'enfuir en courant vers son ami. Les agents, beaucoup mieux pourvus en bras qu'en jambes, tentèrent vainement de le rattraper. Il rejoignit Arion, au moment même où le tapis faisait une halte. Ulysse ne perdit pas une seconde. Il saisit le petit corps inanimé avec délicatesse et prit ses jambes à son cou. Il fila en direction de l'entrée de la Vallée. Tout en poursuivant sa course, il jeta un regard en arrière pour voir s'il avait réussi à distancer suffisamment les deux agents. Puis comme la foudre s'abattant sur le seul arbre de la prairie, Ulysse fonça tête première sur la cloche qui l'assomma, en émettant un son lourd et discordant.

***

Ulysse s'étira. Il porta sa main à son front. Une énorme bosse enflait sous ses doigts. Il ouvrit les yeux et...

— Aaah ! cria-t-il en reculant. Tu m'as fait peur.

— Pardonne-moi, mon ami, dit Arion en souriant. Je voulais être tout près de toi, à ton réveil.

— Pas trop près, quand même, rétorqua Ulysse, en se redressant. Tu vas mieux ?

— Beaucoup mieux, répondit Arion. C'est grâce à toi, d'ailleurs. Je te dois une fière chandelle.

Ce compliment fit plaisir à Ulysse, mais il n'en laissa rien paraître.

— Oh ! Ce n'était rien d'extraordinaire, déclara-t-il en balayant l'air de la main. Tu aurais fait la même chose à ma place. Le plus triste, c'est que j'ai raté l'occasion de trouver la formule magique.

Ulysse évitait le regard d'Arion. Il n'était pas très fier d'avoir perdu sa chance. Il lui manquerait une clef pour ouvrir le coffre.

— Hum... trêve de bavardage, nous devons nous dépêcher, lança le guide d'un ton énergique. Je crois bien qu'on nous attend.

Ulysse, déboussolé, se releva.

— Où allons-nous ? demanda-t-il tristement, je retourne chez moi ?

— Suis-moi, continua Arion. Je vais te montrer l'autre porte qui donne accès à la Vallée des déterminants, une voie plus accueillante, cette fois.

Ulysse retrouva son sourire. Ainsi, tout n'était pas perdu. Avec Arion à ses côtés, il réussirait facilement à franchir cette deuxième étape. Il suivit donc son ami qui, au bout d'un moment, lui demanda de le replacer sur son épaule, en lui promettant toutefois de ne plus dormir. Quelques dizaines de mètres plus loin, ils arrivèrent devant ce qui ressemblait à une énorme poignée de porte plantée dans le sol. Arion fit signe à Ulysse de s'arrêter.

— Voilà, dit-il, nous sommes arrivés. Tourne la poignée maintenant.

Ulysse obéit. Il y eut d'abord un grincement, puis le son produit par de lourds engrenages qui s'ébranlent. Le sol se mit ensuite à trembler, ce qui fit reculer Ulysse qui sentit ses pieds glisser rapidement vers le bas.

— Aaah ! hurla-t-il, tandis que son corps continuait sa descente, couché dans un large toboggan.

— Youhou ! cria Arion, qui semblait s'amuser follement.

L'atterrissage fut cependant très doux. Ils étaient tous deux tombés dans un grand bac rempli de plumes écarlates.

— Super ! reprit le guide, quelle descente !

— Tu peux le dire, dit Ulysse, tout réjoui. Reprenant son équilibre, il se mit à examiner les alentours. Il y faisait sombre. Seules quelques toiles d'araignées incandescentes illuminaient la pièce. Quand ses yeux se furent habitués à la pénombre, Ulysse put en distinguer le contenu. Ce qu'il découvrit lui rappela l'atelier d'un artisan cordonnier qu'il avait déjà visité avec sa classe. Il y avait de grandes pièces de cuir suspendues au plafond et des étagères remplies de boîtes débordant de boutons, de rubans, de boucles et d'autres articles. Les murs étaient tapissés de gros rouleaux de tissu de différentes couleurs. Dans un coin de la pièce, Ulysse aperçut un couloir qui semblait mener à un endroit beaucoup mieux éclairé.

— Allons voir là-bas ! déclara-t-il en enjambant le bord du large récipient.

— Je te suis ! affirma Arion en rigolant. Je crois d'ailleurs que je n'ai pas le choix, continua-t-il en s'agrippant à l'épaule d'Ulysse.

Ulysse rit à son tour, saluant l'humour de son compagnon. Ils longèrent ensemble le couloir qui débouchait sur une pièce plus vaste où s'alignaient de grandes tables et de curieuses machines. De petits personnages, qui rappelaient à Ulysse le héros du dernier jeu électronique en vogue, s'affairaient promptement et silencieusement. L'un d'eux s'approcha et tendit la main à Ulysse.

— Je suis heureux de te rencontrer, Ulysse, fit-il en saluant. J'espère que la descente ne t'a pas trop secoué.

— Non, ça va, répondit Ulysse, tendant la main à son tour. C'était super !

— Bien ! Oh, j'allais oublier ! Je suis Tégar, le maître d'œuvre. Mais comme tu peux le constater, nous sommes plusieurs à mettre la main à la pâte. Il ajouta qu'il était temps de passer aux choses sérieuses, car ses invités, il le savait, devraient bientôt le quitter. Ulysse hocha la tête pour signifier son accord.

— Parfait, dit le maître en se frottant les mains, commençons. Il saisit alors le long ruban à mesurer qui pendait à son cou et commença à l'entortiller autour de la tête d'Arion. Il nota ensuite les nombres correspondant au tour, à la largeur et à la hauteur du front. Il prit ensuite quelques pièces de cuir qu'il porta au visage du guide, l'une après l'autre. À chaque nouvel essai, il marmonnait, grimaçait ou souriait, selon le résultat obtenu. Finalement, il opta pour une superbe pièce de cuir ocre finement veinée. Voilà ! Cela conviendra parfaitement.

— C'est très beau, en effet, remarqua Ulysse d'un ton moqueur. Mais Arion n'a pas l'air d'apprécier.

— Oh ! ne t'en fais pas, continua Tégar, il affiche toujours cet air ennuyé quand je prends ses mesures. Il croit peut-être qu'il a fini de grandir. Bon ! Maintenant Ulysse, à toi de choisir. Arion sera-t-il *ton* guide ?

— Oui, bien sûr, répondit Ulysse étonné, Arion est déjà *mon* guide.

Tégar se gratta la tête. La réponse d'Ulysse ne semblait pas le satisfaire.

— Ce n'est pas très clair. Peut-être préfères-tu qu'il ne soit qu'*un* guide ?

— Oui... je... je veux bien qu'il soit *un* guide, *le* guide qui m'accompagne, celui qui me guide, continua Ulysse qui était de moins en moins certain de la logique de la discussion. Y a-t-il un problème ? *Ce* guide me convient parfaitement.

Arion, debout sur la table de coupe, balançait ses bras pendant que son ventre s'agitait en de curieux soubresauts. Il riait tellement qu'il était incapable de parler. Ulysse le regarda, espérant que quelqu'un lui expliquerait ce qui se passait. Tégar, quant à lui, observait la scène en montrant de légers signes d'impatience.

— Excusez-moi, fit Arion, maintenant calmé. Vous étiez vraiment très drôles tous les deux. Je suis désolé, mais j'étais incapable de m'arrêter de rire et je…

— Bon, bon, fit Tégar, en posant à nouveau son regard sur Ulysse. Je vois, mon garçon, que tu n'y es pour rien. J'aurais dû mieux prévoir mon coup. Mais il n'est pas trop tard. Viens, je vais te faire rencontrer notre styliste.

— Votre styl... quoi ?

— Notre styliste, reprit Tégar. C'est lui l'expert en déterminants. Ses conseils s'avèrent judicieux quand vient le moment de choisir. Il se nomme Gonka.

Tégar fit alors signe à Ulysse de le suivre. Au bout d'un long couloir, ils franchirent un rideau fait de petites billes de verre de la couleur de l'océan et pénétrèrent dans ce que Gonka appelait son « salon particulier ». Il n'y avait aucun meuble, seulement d'énormes ballons servant de coussins éparpillés sur le sol et de petits socles surmontés de bougies qui laissaient flotter un parfum de gomme à mâcher.

— Quel drôle d'endroit, chuchota Ulysse.

— Chut ! fit Arion. Tu pourrais le vexer. Le styliste joue ici un rôle déterminant, mais il se croit irremplaçable. Il est un peu, disons-le, prétentieux.

— Ah ! dit Ulysse, en faisant signe qu'il avait compris.

C'est à cet instant que l'imposant personnage fit son entrée. En le voyant, Ulysse comprit tout de suite ce qu'Arion avait voulu dire. Gonka était petit et plutôt grassouillet. Son crâne, presque complètement chauve, luisait à la lueur des flammes. Ses yeux, ronds comme des balles de ping-pong, sortaient presque de leur orbite. Malgré ce physique désavantageux, le styliste affichait un air fier et assuré. Marchant à grands pas glissés, il vint se présenter à Ulysse.

— Bonjour, jeune homme. Je suis Gonka, le styliste de la Vallée.

— Bonjour, monsieur Gonka, je suis heureux de vous rencontrer. Je m'appelle Ulysse.

— Quel nom charmant ! poursuivit Gonka en jetant un regard professionnel sur la chemise d'Ulysse. On m'a dit que je pourrais t'aider…

— Oui, intervint Tégar, devinant l'embarras du jeune homme. Notre ami aurait besoin de quelques conseils en ce qui a trait au style, et j'ai pensé que…

— Naturellement, coupa Gonka. J'aurai grand plaisir à discuter de tout ça avec lui. Je t'en prie, Ulysse, assieds-toi. Alors, tu arrives du Faubourg des noms, c'est ça ?

— Oui, justement, j'ai…

— Tu as dû entendre des tonnes de ragots sur les déterminants, non ?

— Oui et non, enfin... un peu, mais...

— Oui, je m'en doute. Ces bisbilles n'apportent rien de bon, mais elles durent depuis l'éternité.

— Pourquoi les noms se sentent-ils si menacés par les déterminants ?

— Certains noms sont très orgueilleux. Ils admettent difficilement avoir besoin d'un déterminant. Pourtant, leur présence dans la phrase est essentielle. Prends le sage, par exemple, sans déterminant, qui est-il ? Un adjectif ou un nom commun ? Le déterminant qui l'accompagne permet au lecteur de le distinguer plus facilement de l'adjectif « sage ».

— Est-ce tout ? demanda Ulysse, soudainement très intéressé par le discours de son compagnon.

— Non, bien sûr que non ! reprit Gonka. La présence du déterminant permet généralement de reconnaître le nom commun, mais son rôle est plus grand encore : le déterminant détermine.

— Je l'aurais deviné, rétorqua Ulysse qui trouvait qu'une telle vérité n'avait pas nécessairement besoin d'être énoncée.

— Oui, dit le styliste, je vois que je ne t'apprends rien. Mais dis-moi, qu'est-ce que ça veut dire ?

— Euh !... bien... je crois que c'est la... je ne sais pas trop, balbutia-t-il en cherchant Arion du regard.

— Il est toujours là, ne t'inquiète pas. Je vais d'ailleurs le faire travailler un peu.

Arion fit la grimace, mais il se laissa glisser du coussin où il avait pris place, en s'agrippant du mieux qu'il pouvait pour assurer sa descente.

— Je suis prêt, affirma-t-il en s'installant tout près du styliste. Nous pouvons commencer.

— Alors, voilà ! dit Gonka en se frottant les mains. Arion et moi, nous allons jouer au chapelier. Toi, Ulysse, écoute bien.

Le styliste toussota et prit un air jovial en faisant semblant d'accueillir Arion qui mimait son arrivée.

— Bonjour, jeune créature, salua Gonka.

— Bonjour, monsieur, répondit Arion en tendant ses deux mains droites.

— Je crois deviner le but de votre visite et je ne serais pas étonné qu'elle ait un rapport avec l'arrivée inopinée de l'automne.

— Tout à fait, admit Arion, tout à fait. C'est un vent à dresser les cheveux sur la tête, et il me faut un chapeau.

— Vous avez choisi le bon endroit, soyez-en assuré, affirma le styliste en passant sa main dans le dos de son supposé client, l'entraînant ainsi vers un grand rideau de velours indigo qui recouvrait le mur.

— J'ai, en tout cas, bien besoin de vos conseils, car je ne sais pas quel chapeau choisir.

— Ne vous tourmentez plus, je suis là pour ça, dit Gonka, en installant Arion sur un siège confortable. Bien, commençons ! Puis relevant le menton et portant la main à sa poitrine, il actionna l'ouverture du rideau pour dévoiler un impressionnant étalage de chapeaux, portant tous une étiquette où était écrit un déterminant. Puis il se lança dans une longue tirade :

« Admirez *mes* chapeaux ! *Les* chapeaux les plus élégants et les plus chauds ! *Tous ces* chapeaux sont de qualité et très bien taillés. *Certains* chapeaux conviennent aux sorties mondaines, d'autres aux activités quotidiennes. *Ce* chapeau, par exemple, irait aux duchesses, tandis qu'*une* casquette coifferait au mieux la mairesse. Désirez-vous acheter *des* chapeaux en quantité ou *un* chapeau en particulier ? *Le* chapeau que vous choisirez deviendra *votre* chapeau préféré. »

Arion l'interrompit : « Je ne veux plus *un* chapeau, je veux *ce* chapeau, dit-il en montrant un haut-de-forme du bout de son doigt. C'est celui-là que je veux, pas un autre. »

— Moi aussi, je veux *ce* chapeau, lança Ulysse en riant. J'ai compris. Le déterminant, c'est le mot qui détermine le nom.

Les deux acteurs cessèrent immédiatement de jouer la comédie et se tournèrent vers Ulysse, le toisant d'un air hautain : « Nous savons cela depuis longtemps, » répliquèrent-ils en chœur.

Ulysse, surpris de leur réaction, demeura silencieux un moment. Puis découvrant une lueur malicieuse dans l'œil d'Arion, il éclata d'un rire sonore.

— Ce n'est pas exactement ce que je voulais dire, réussit-il à articuler en hoquetant. J'ai bien compris, cette fois. Le déterminant, c'est le mot qui nous permet de dire de quel chapeau… euh… nom il s'agit.

— C'est ça, dit Gonka. *Un, le, plusieurs, mon, ton, ce,* et tous les autres déterminants changent l'allure du nom, comme les chapeaux changent l'allure de notre tête. Je suis heureux de voir que tu as saisi, Ulysse. Maintenant, que dirais-tu d'une petite collation avant de reprendre la route ?

— Je veux bien, répondit Ulysse, en se frottant le ventre. J'avais justement un petit creux.

Les trois comparses prirent place sur les coussins tandis qu'un petit robot entrait, portant un plateau. Il y avait du thé, un bol de chocolat chaud rempli de guimauves fondantes et une assiette recouverte de biscuits chinois.

Ulysse prit le biscuit que lui tendait son guide et le brisa : *Soigneusement choisi tu seras, pour déterminer le nom que tu précéderas.*

— Oh !… Oh !… c'est la formule, la formule magique, s'exclama-t-il, en contenant difficilement sa joie.

Génial ! Merci, Arion. Merci à vous aussi, monsieur Gonka.

— Eh bien ! Tu n'as plus faim ? demanda Arion en s'approchant d'Ulysse. Nous partons bientôt, tu devrais en profiter pour refaire tes forces. Notre voyage n'est pas terminé.

— Pas tout de suite. Je dois d'abord faire quelque chose d'indispensable, dit-il en exhibant son appareil et son crayon. Il s'appliqua ensuite à copier la formule magique sur la page de la Vallée des déterminants. Voilà. C'est fait. Nous pouvons partir vers… le Canton des adjectifs, poursuivit-il après avoir appuyé sur la touche suivante. Au revoir, monsieur Gonka, et merci encore une fois. Tu viens, Arion ?

Le guide, qui avait profité de l'immobilité d'Ulysse pour grimper sur son épaule, marmonna son accord en bâillant. Gonka leur indiqua gentiment la sortie. Les deux copains quittèrent donc la Vallée, sans oublier d'apporter une bonne provision de biscuits chinois.

3

Le Canton des adjectifs

— Tu aurais bien besoin de te débarbouiller, fit remarquer Arion, en observant son compagnon.

Ulysse, les mains collantes et la bouche toujours coiffée d'une moustache chocolatée, répondit qu'une bonne douche serait effectivement bienvenue.

— Vos désirs sont des ordres ! proclama Arion, en adoptant une attitude très solennelle. Puis se courbant en un salut respectueux, il indiqua à Ulysse l'entrée du Canton des adjectifs, un escalier en colimaçon dont on n'apercevait pas la fin.

— Il faut monter ? demanda le garçon.

— Non. Il faut chanter... Bien sûr qu'il faut monter. Quelle question !

Ulysse s'exécuta, tout en se demandant ce qu'il découvrirait au bout de son ascension. Les adjectifs ne lui posaient pas trop de problèmes. Il oubliait souvent de les accorder, mais ce n'était pas si grave. Il était capable d'en mettre beaucoup dans ses productions écrites pour faire des phrases plus riches, comme disait son enseignante. Il devrait franchir cette étape sans trop d'efforts.

Ulysse ralentit le rythme. Il faisait chaud, très chaud. L'air devenait de plus en plus humide et étouffant. Plus d'une fois, il dut adapter sa respiration et modérer son élan. La douche promise par Arion tomberait à point. Celui-ci ne semblait pas incommodé par le changement de température. Il continuait à se reposer, bien calé sur l'épaule de son ami. Ulysse sentit la jalousie l'envahir et promit d'avoir sa revanche, le moment venu.

— Bon, fit soudain le guide, je crois que tu as assez transpiré. Nous pouvons nous arrêter.

— Mais... nous ne sommes pas arrivés, rétorqua Ulysse qui ne parvenait toujours pas à apercevoir le bout de l'escalier.

— Ce n'est pas important, l'escalier. De toute façon, il n'a pas de fin. Tu pourrais y monter pendant 100 ans et tu n'atteindrais jamais la dernière marche.

Ulysse, très fatigué et surtout un peu fâché, se laissa choir sur une marche.

— Je ne te suis plus, Arion.

— Tu vas comprendre, attends, je te montre, viens.

— J'ai dit : Je ne te suis plus. Je ne veux plus te suivre. Tu m'entraînes toujours au mauvais endroit. Tu parles d'un guide. Et puis, je suis trop fatigué, je dois me reposer. Voilà.

— Tu dois pourtant avoir compris que l'effort donne toujours de bons résultats ?

— Ouais, mais les vrais efforts, pas les efforts dans le mauvais sens. Ceux-là ne mènent à rien, sauf au découragement le plus total. J'en sais quelque chose...

« Le beau cheval brun fait le tour des grands arbres. Le cavalier a un beau chapeau noir et une belle veste. Les gros nuages gris cachent le beau soleil. Ma sœur s'amuse dans l'eau par cette belle après-midi d'été. »

Il y en avait dix. Ulysse les avait comptés. Madame France serait sûrement fière de lui. Dix adjectifs. Un record à battre. Ulysse s'avança vers le bureau de son enseignante. Un large sourire illuminait son visage. Madame France examina la feuille que lui tendait Ulysse. Son regard fit cependant fondre le bonheur de l'élève.

De son crayon rouge, elle souligna tous les adjectifs qu'Ulysse avait ajoutés à son texte. Pourtant, il était sûr qu'il n'avait pas fait beaucoup de fautes. La correctrice soupira : « Ulysse, ce n'est pas ça. Je vous ai demandé de trouver des adjectifs précis et différents. Dans ton texte, le cheval, le chapeau, la veste, le soleil et l'après-midi sont tous beaux. N'as-tu rien d'autre à nous dire à leur sujet ? »

Arion ne parlait pas. Ulysse était blessé, il le sentait. Il devait lui laisser le temps de digérer sa peine.

— Faut-il descendre ? s'enquit Ulysse, après un moment.

— Non. Il faut chanter, répondit Arion camouflant son sourire avec peine.

— Cesse de te moquer, reprit Ulysse en entamant sa descente. Je ne suis pas d'humeur à rire.

— Je ne me moque pas, il faut vraiment chanter. Tu te souviens de ma promesse ?

— La douche ?

— Tu ne chantes jamais sous la douche ?

Ulysse ne releva pas la dernière remarque d'Arion. À quoi cela rimait-il encore ? Il devait chanter maintenant. Quelle farce !

— Et que devrais-je chanter ? questionna-t-il enfin.

— N'importe quoi. Ce qui te passe par la tête. Moi, j'aime bien celle-ci :

Un kilomètre à pied,
ça use, ça use.
Un kilomètre à pied,
ça use les souliers.

— Ah ! oui, je vois. Ou plutôt, j'entends.

Maintenant debout sur la 294e marche, Ulysse se mit à chanter à tue-tête avec son compagnon. L'effet ne se fit pas attendre : l'escalier s'aplanit pour former une longue piste immaculée, serpentant horizontalement dans les airs, sans attache visible à quelque élément mural que ce soit. Une large console munie d'un écran lumineux descendit de ce qui semblait être le toit de cet endroit inusité.

— Voilà ! s'exclama Arion, brisant ainsi le silence. Nous pouvons commencer à jouer. Approche.

— Hé ! C'est super, mon vieux. J'adore les jeux d'arcade. Tu me montres comment ça marche ?

— Oui, oui, répondit le guide. Je suis là pour ça. Ça fonctionne un peu comme une machine à boules électronique. Tu dois amasser 5000 points. Si tu y arrives, tu recevras le premier prix.

— Ah ! oui ? Qu'est-ce que c'est ?

— La formule magique, voyons. Tu pensais être en pause ? Allez, il faut commencer. Viens que je t'explique. Tu dois d'abord appuyer sur la touche NOM, celle qui clignote, juste là.

Ulysse s'exécuta. Des dizaines de noms s'affichèrent à l'écran, apparaissant et disparaissant, semblant se disputer le droit d'être là.

— Tu vois cette manette, à droite, reprit Arion, c'est ta souris. Elle sert à diriger le rectangle jaune que tu vois dans l'angle de l'écran. Tu dois tenter d'attraper un nom en cliquant dessus.

En joueur habile et expérimenté, Ulysse s'acquitta de sa tâche rapidement. Il lança

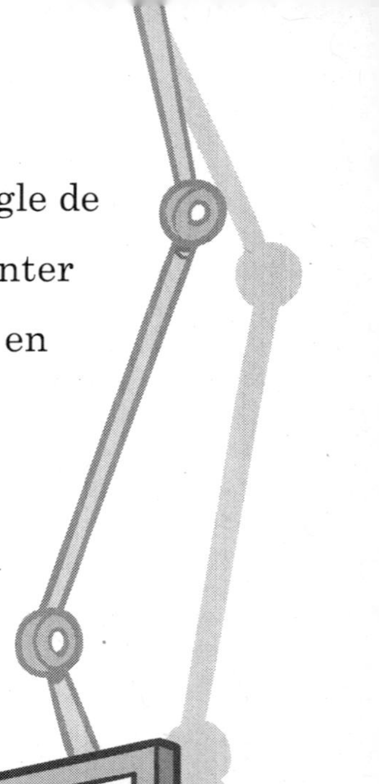

un regard empreint de satisfaction à Arion.

— Voilà. C'était facile. J'ai attrapé le nom *ouragan*. Que faut-il faire ensuite ?

— Place tes mains de chaque côté ; à gauche, tes doigts doivent appuyer sur les touches verte et rouge pour avancer et freiner ; à droite, la boule orangée permet de te diriger. Tu saisis ?

Ulysse fit signe que oui. Arion continua ses explications : « Le but de ces manœuvres, c'est de trouver les adjectifs payants et d'y glisser le nom. Lorsque tu auras appuyé sur la touche de démarrage du jeu, tu verras apparaître et disparaître des adjectifs, plus ou moins visibles, plus ou moins payants. Tu devras aller coller le nom que tu as choisi sur les bons adjectifs. C'est une question de rapidité, mais aussi de jugement. Si tu ne choisis pas un adjectif approprié, tu perdras des points. Si tu en choisis un qui est banal et trop courant, tu ne recevras que peu de points. Un indice : les plus gros à l'écran ne sont pas toujours les plus profitables… »

— Génial ! Tout un défi, ton jeu. Puis-je avoir un tour d'essai ?

— Oui, bien sûr, le rassura Arion en se reculant pour laisser la place à Ulysse. Oh ! J'oubliais, il y a la douche.

— La douche ? Quelle douche ? s'étonna Ulysse. Ne me dis pas que je dois d'abord aller prendre une douche. J'ai très envie de jouer.

— Non, dit Arion, tu ne dois pas aller à la douche. C'est elle qui viendra à toi.

Ulysse le fixa, interloqué. Oui, Ulysse, chaque fois que tu choisiras un adjectif impropre, en plus de perdre des points, tu auras droit à la douche correspondante. Ce sont des douches un peu spéciales... enfin, tu verras.

Ulysse ne savait plus s'il avait encore envie de jouer. Il scruta le plafond pour y apercevoir une pomme de douche, mais sans succès. Tant pis. Sa réputation était en jeu. Il devait s'exécuter et gagner. Il s'installa donc devant la console et commença son tour d'essai.

Cette manche fut péniblement complétée. Arion n'arrêtait pas de souffler ses conseils à l'oreille du jeune joueur, et de s'exclamer devant ses bons et ses mauvais coups. Ulysse n'en pouvait plus. Toisant Arion de son regard le plus sévère, il lui intima l'ordre de se taire sous peine de se retrouver bâillonné au fond de la poche de sa chemise. Arion obtempéra en grognant un peu : « Bof ! si tu n'as plus besoin de moi, je me tairai donc. »

Ulysse parut satisfait et se prépara à commencer sa vraie partie. Il était encouragé, n'ayant pas reçu une seule goutte d'eau. Cependant, quelque chose l'en empêcha. Quelqu'un plutôt. Les deux mains devant la bouche, Arion semblait dévoré par un fou rire absolu.

— Qu'est-ce qu'il y a encore ? tonna Ulysse, visiblement vexé par l'attitude du guide.

— C'est que… ha ! ha !… Tu n'as pas remarqué ?… Ha ! ha ! ha !… Se peut-il que tu aies glissé ton ouragan sur l'adjectif « rouge » pendant le jeu ? Ha ! ha ! ha !

— Qu'est-ce que... que veux-tu dire ? C'est possible... j'ai perdu quelques points à un moment. Mais qu'y a-t-il de si comique ?

— Tu as reçu une douche... une douche de *rouge*. Ha ! Ha ! Excuse-moi, reprit Arion en s'essuyant les yeux, tu es très drôle. Mais penses-y, tu aurais pu recevoir une douche de *gluant*, ou de *déchiqueté*, ou encore de *monstrueux*. Ha ! Ha ! Crois-moi, Ulysse, ça aurait pu être bien pire.

Ulysse trouva qu'en effet, le rouge dont il était recouvert n'était pas si affreux. Contaminé par le rire d'Arion, il se mit à toussoter en grimaçant, pour ensuite rire de bon cœur.

— C'est parfait, ce rire. C'est tout à fait ce qu'il te faut pour entreprendre la vraie partie. Tu seras plus détendu. Je suis sûr que tu y arriveras. Maintenant, commence. Je me tais, promis.

Cette fois-ci, Ulysse sélectionna un nom qui lui convenait mieux : garçon.

Discret, orageux, fidèle, touchant, petit, lointain, farouche, cramoisi, insouciant, rancunier, affectueux, crépu, rebelle, beau, gigantesque, gourmand, muet, violent, ingrat, romantique, ardent, excentrique, robuste, coquin, froid, superbe, macabre, introuvable, pur, épuisé, lâche et *rebondi* permirent à Ulysse d'accumuler 5034 points. Il reçut quelques douches qui le transformèrent tour à tour en un garçon *épais, décoloré, savoureux* et *branlant*. Rien de trop grave, assura Arion, surtout parce qu'Ulysse put reprendre son aspect original au bout de quelques instants. Mais le jeune homme était fatigué. Arion se dit qu'un premier prix lui redonnerait certainement de l'énergie.

— Bravo ! Je savais bien que tu réussirais. C'est très bien. Excellent. Je n'ai plus de mots. Tu es un champion des adjectifs. Es-tu prêt à recevoir ton prix ?

— Tu parles ! déclara Ulysse.

— Clique sur l'étoile, là, à l'écran.

C'est ce que fit Ulysse. Il prit ensuite son carnet de route et se tint prêt. La formule magique apparut à l'écran, claire comme du cristal :

Éloquent et précis tu seras, pour compléter le nom avec lequel tu t'accorderas.

— C'est vraiment génial, dit Ulysse. Je l'ai comprise tout de suite, celle-là.

Il rangea ensuite ses instruments dans sa poche et regarda Arion, attendant ses indications.

— Accroche-toi, mon garçon, ça va glisser.

Ce qui fut un excellent conseil, car le ruban qui leur servait de plancher s'inclina pour se transformer en glissade géante. Pieds devant, Ulysse se laissa emporter par l'élan, jusqu'en bas.

Une fois les pieds au sol, Arion se secoua un peu.

— Bon. Où allons-nous maintenant ?

Ulysse consulta son carnet et annonça : « Au Hameau des verbes. »

— Attention, coupa Arion, là, il y aura de l'action.

4

Le Hameau des verbes

Les deux comparses reprirent leur marche. Ulysse n'apercevait encore rien, mais son instinct lui disait qu'ils approchaient du Hameau. Avançant lentement dans l'herbe haute, il fut soudain envahi par le doute, car il savait que les verbes étaient sa bête noire en français.

— Dis, Arion, crois-tu que j'y arriverai ?

— As-tu peur ? s'enquit son ami.

— Non. Je n'ai pas peur, répondit doucement Ulysse. J'ai vraiment envie de réussir, mais les verbes... c'est très difficile...

Ulysse examina le texte ; il devait remplir les espaces blancs à l'aide des bons verbes. Madame France avait passé des semaines à dire à ses élèves comment accorder les verbes et où trouver la réponse qu'ils cherchaient dans les tableaux de conjugaison. Cependant, Ulysse n'y arrivait toujours pas. Quand il trouvait la page correspondant au bon modèle de verbe, les mots semblaient soudain se mettre à danser devant ses yeux, l'empêchant de travailler...

Arion se préparait à interrompre la réflexion de son compagnon lorsqu'une bourrasque surgit. Ulysse lui-même n'arrivait plus à avancer. Comme il levait les bras pour se protéger les yeux du souffle violent qui charriait terre et brindilles, il provoqua sans le vouloir la chute de son guide dont le vent couvrit le cri.

— Arion, attention ! Arion, accroche-toi, hurla Ulysse pour avertir son ami.

Cependant, aucune réponse, si faible fût-elle, ne lui parvint.

— Arion, où es-tu ? cria-t-il, d'un ton qu'il voulait rassuré.

Toujours rien. Ulysse s'accroupit, voulant offrir moins de prise à ce qui ressemblait de plus en plus à un violent ouragan. N'osant pas déplacer ses pieds, il pivota sur lui-même afin de jeter un coup d'œil aux alentours. Mais l'herbe haute lui cachait la vue. Que faire ?

— Que faire ? Que faire ? lancèrent deux petites voix jumelles.

— Que faire ? Que faire ? répétèrent-elles en chœur.

Ulysse scruta les brindilles qui l'entouraient. « Qui est-ce qui... ? » demanda-t-il. Les voix reprirent :

— Qui est-ce qui ? Qui est-ce qui ?

« Chercher Arion, se dit le garçon, je dois chercher Arion. » Il entreprit alors d'écarter les longues tiges pour examiner le sol. Il avança ensuite lentement vers l'endroit où il était lorsque le vent s'était levé. Mais rien. Toujours pas d'Arion en vue. Le vent, soufflant sans fléchir, enterrait sa voix. Mais comment pouvait-il entendre les voix aiguës qui répétaient sans cesse leur rengaine : « Qui est-ce qui ? Qui est-ce qui ? »

« Réfléchir, se dit Ulysse, je dois réfléchir. Si je ne trouve pas Arion, je suis fichu. »

Alors, Ulysse ferma les yeux pour mieux se concentrer. Comme par enchantement, le vent s'apaisa. N'osant ouvrir les yeux de peur de déclencher à nouveau la tornade, Ulysse repassa dans sa tête ce qui s'était produit : « Arion avait dit qu'il y aurait de l'action. Chose certaine, il ne s'était pas trompé. Mais avait-il prévu ce vent ? Je ne crois pas. Pourquoi ne donne-t-il pas signe de vie ? Le Hameau des verbes... les verbes... oui, c'est ça. C'est là que réside la clef de l'énigme. Il faut que je me concentre... Que disait madame France ? »

Pour accorder les verbes, la première question que vous devez vous poser est celle-ci : quel est le sujet ? Deux façons d'y arriver : se demander « qui est-ce qui » ou « qu'est-ce qui » fait l'action ou est dans l'état qu'exprime le verbe. Ensuite, vous cherchez dans votre mémoire ou dans le tableau de conjugaison pour trouver la bonne orthographe du verbe, selon la personne, le mode et le temps.

Les yeux toujours fermés, Ulysse fit un test : « Qu'est-ce qui ? »

— Qu'est-ce qui ? Qu'est-ce qui ? répondirent les voix en écho, dès qu'il eut fermé la bouche.

— Ça y est ! exulta Ulysse en ouvrant les yeux, j'ai trouvé comment résoudre le… Satellite en orbite.

Les expériences surprenantes vécues par Ulysse jusqu'à présent ne l'avaient pas préparé à ce qui lui arrivait maintenant. Il ne se trouvait plus du tout dans l'herbe haute, mais sur un bateau pirate. Et la mer déchaînée faisait dangereusement tanguer le navire. Malgré la tempête, Ulysse perçut les cris de la vigie qui, perchée sur le plus haut des mâts, lançait des cris affolés : « Navire ennemi à tribord. Navire ennemi à tribord. » Tournant son regard vers ce dernier, il aperçut un homme qui gisait sur le pont, tout près de lui. À en juger par le couvre-chef qu'il tenait dans ses doigts blanchis par le froid, il s'agissait du capitaine du navire. Toujours accroupi, Ulysse s'approcha du corps meurtri. Le chef des pirates respirait difficilement, mais il était conscient. Rassemblant ses dernières forces, il fit signe à Ulysse de s'approcher.

— Tu dois sauver mon équipage, murmura-t-il d'une voix éteinte par la douleur. Il n'y a que toi qui puisses y arriver. Mes hommes sont courageux, mais il faut leur donner des ordres. C'est impératif. Je ne pourrai pas parler pendant très longtemps. Trouve celui qui s'occupe de la voilure et dis-lui de changer de cap pour nous donner un meilleur angle d'attaque. Ensuite, occupe-toi des canonniers. Il faut qu'ils atteignent le flanc du navire ennemi. Ce n'est pas tout. Il faut t'assurer de...

C'était pourtant tout ce que le capitaine avait pu lui dire avant de sombrer dans l'inconscience.

— Que dois-je faire ensuite ? s'enquit Ulysse, alarmé. Mais rien ne sortit le pirate de son mutisme.

Un nouveau cri de la vigie alerta Ulysse. Il fallait faire quelque chose. « Trouver celui qui s'occupe des voiles... Qui est-ce qui ?... Oui, c'est ça ! Il faut que je trouve le sujet. » D'un bond, Ulysse franchit les quelques marches qui conduisaient au haut pont. Ayant atteint le poste de commandement, près du gouvernail, il plaça ses mains en porte-voix et hurla, aussi fort qu'il pouvait : « Qui est-ce qui s'occupe des voiles ici ? »

Un matelot vint à son secours et lui désigna celui qui se tenait immobile près des cordages et attendait qu'on lui intime l'ordre de bouger. Ulysse s'approcha rapidement et lui lança : « Il faut changer de cap pour avoir un meilleur angle d'attaque. » Le pirate le toisa, perplexe, tout en demeurant parfaitement immobile.

— Qu'attendez-vous ? Il faut sauver le navire. Nous allons être abordés, ou pire, coulés.

Levant les sourcils pour montrer qu'il ne comprenait rien de ce qu'Ulysse s'époumonait à lui expliquer, le marin demeura silencieux, sans bouger. « Réfléchis, Ulysse, réfléchis, se dit le garçon, désespéré. Qu'avait dit le capitaine ?... Les ordres... c'est impératif... » Soudain, tout lui revint en mémoire...

L'impératif est un mode différent de l'indicatif. On l'utilise pour donner une consigne, un conseil, un ordre. Le sujet est sous-entendu, comme caché, mais vous devez quand même le connaître pour choisir la bonne personne et accorder le verbe...

L'impératif. C'était ça. Il lui fallait utiliser l'impératif pour donner un ordre, un vrai.

Rassemblant tout ce qu'il lui restait de souffle, Ulysse fixa le matelot et lui lança, d'un ton qui n'acceptait aucune réplique : « Changez de cap ! Virez à bâbord ! »

Le visage du pirate s'illumina et, d'une main experte, il entreprit de faire virer le lourd navire.

— Oui. J'ai réussi ! s'exclama Ulysse, heureux comme s'il avait trouvé un trésor. L'intense poussée d'adrénaline qu'il avait ressentie lui donnait des ailes.

Il descendit dans la cale, gonfla son torse et s'écria : « Qui est-ce qui s'occupe des canons ici ? » Quatre marins levèrent le bras. Il s'approcha, planta ses deux jambes fermement sur le plancher qui vacillait et dit, du ton le plus sérieux qu'il pouvait prendre : « Préparez-vous à attaquer l'ennemi ! Visez le flanc du navire ! » Les pirates obéirent. Par les hublots qui voisinaient les canons, Ulysse put apercevoir le navire ennemi qui s'approchait, filant en sens inverse. Levant le bras en guise de compte à rebours, il fit signe aux marins de son nouvel équipage d'attendre. Le bon moment arriva enfin :

— Faites feu ! hurla Ulysse en abaissant son bras.

Le recul des canons créa une forte secousse qui lui fit perdre l'équilibre et l'expédia au fond de la cale où il s'écrasa sur des sacs de farine empilés.

Étourdi, Ulysse releva la tête pour constater la joie des canonniers qui s'exclamaient, en lançant leur chapeau : « Touché ! » Ulysse était heureux, mais il savait qu'ils n'étaient pas encore sortis de l'auberge. Le capitaine avait parlé d'une autre tâche à accomplir. Seulement, il ignorait laquelle.

— Une créature à la mer ! hurla la vigie. Une créature à la mer… sur une bouteille à la mer.

— Qu'est-ce qui… ? dit Ulysse en se relevant péniblement. Il se rua sur le pont et se dirigea vers l'endroit indiqué par l'homme perché en haut du mât. Il vit d'abord le navire ennemi qui s'enfonçait dans les hautes vagues. Puis plissant les yeux et scrutant les flots, il l'aperçut : « Arion ! » Sans réfléchir plus longtemps, il saisit la bouée de sauvetage et, grimpant à califourchon sur la rambarde, la projeta vers son ami avec tout ce qui lui restait d'énergie.

Souriant, Arion agrippa la bouée, saisit la bouteille de ses deux autres bras et se laissa hisser à bord du navire.

— Arion, Arion, dit Ulysse. Comme je suis content de te retrouver !

— Et moi donc, mon ami, et moi donc, répondit Arion, tout sourire. J'ai bien cru que ça y était, cette fois.

— Moi aussi, reprit Ulysse. Mais dis-moi, toi qui sais tout, n'avais-tu pas une petite idée de ce qui arriverait ?

— Surprenant, hein ? Mais non, je n'avais vraiment aucune idée. Vois-tu, c'est toujours ainsi que ça se passe dans le Hameau des verbes. On ne sait jamais à quoi s'attendre.

— Mais pourquoi ne m'as-tu pas prévenu ? s'enquit Ulysse, légèrement en colère.

— Mon ami, ajouta Arion, quand j'ai vu que tu n'étais pas rassuré, j'ai tout de suite pensé qu'il valait mieux ne pas empirer les choses…

— Tu as sans doute raison. Si j'avais su, j'aurais probablement rebroussé chemin. Parlant de chemin, comment faire pour retrouver le nôtre ?

— N'as-tu pas oublié un petit détail ?

— Euh... ? La formule, lança Ulysse, en cherchant le capitaine du regard.

— Notre valeureux capitaine est parti faire la fête, annonça le guide. Mais ce n'est pas lui qui te donnera ce que tu cherches. Regarde plutôt là-dedans.

Arion lui tendit alors la bouteille qui lui avait servi de radeau. Ulysse s'empara du flacon et entreprit d'en extraire un vieux parchemin jauni et fragile. Il le déroula avec précaution et se mit à lire : *Mode et temps tu respecteras, pour parler du sujet dont ton accord dépendra.*

Ulysse avait bien compris. Il fallait utiliser le mode et le temps qui convenaient, sinon rien ne bougerait. Il savait aussi maintenant qu'il était primordial de déterminer le sujet avec précision. Mais sa plus belle découverte, c'était qu'avec un peu de concentration et de réflexion, on pouvait vaincre bien des difficultés, et cela, c'était encore plus magique qu'une formule.

Ulysse sortit carnet et crayon de sa poche et inscrivit soigneusement la formule sur la page du Hameau des verbes. Puis gonflé de fierté, il reprit : « C'est fait. Maintenant, peux-tu me dire comment retourner d'où nous venons ? »

— Attention, rétorqua Arion en escaladant la manche de chemise d'Ulysse, je crois bien que le vent se lève encore. Que dirais-tu de fermer les yeux ?

Ulysse ne se fit pas prier, car il n'avait pas l'intention d'affronter une nouvelle tempête. Il ferma donc les yeux jusqu'à ce qu'il sente le chatouillement des herbes hautes sous son nez. Les deux voyageurs reprirent ainsi la route, se dirigeant cette fois vers le Ruisseau des marqueurs de relation.

5

Le Ruisseau des marqueurs de relation

— Ma mère n'y comprend jamais rien, lança soudainement Ulysse. Quand je lui pose une question sur les marqueurs de relation, on dirait que je lui parle en chinois. Comment veux-tu qu'elle m'aide ?

— Ah ! soupira Arion, je sais. C'est difficile pour elle parce que tout a changé.

— C'est pour ça qu'on parle de « nouvelle » grammaire ?

— Tu l'as. Mais ne t'en fais pas ; tu seras bientôt un as. Et tu peux toujours demander l'aide de madame France, non ?

— Oui, reprit le garçon, mais elle dit toujours qu'il faut que je cherche un peu par moi-même pour trouver la réponse.

— Et moi, ne suis-je pas toujours là ?

— Justement non, rétorqua Ulysse ; si tu ne dors pas, c'est que tu viens de tomber. Tu parles d'un guide !

Arion observait le garçon avec un sourire qui en disait long. Il ne répondit pas au blâme d'Ulysse. Il voulait que ce dernier se rende compte par lui-même que c'était exactement ça qu'il était : un guide. Pas celui qui donne toutes les réponses, mais celui qui te place en situation de recherche, qui t'oblige à les trouver par toi-même, qui a confiance en tes capacités. Le garçon demeurait silencieux, perdu dans ses réflexions.

Au bout de quelques minutes, les deux marcheurs atteignirent un carrefour. Ulysse s'immobilisa : « Tu sais, Arion, je crois que j'ai compris ce que tu cherches à me dire. Jusqu'à présent, je me suis bien débrouillé. Et ce que j'ai découvert, je ne suis pas près de l'oublier. »

— Tu sais que notre petit voyage s'achèvera bientôt, répondit Arion. Mais le tien durera toute ta vie. Tu continues ?

— Bien sûr ! lança Ulysse en suivant la direction indiquée par la flèche. D'ailleurs, j'ai l'idée que nous verrons bientôt apparaître un ruisseau.

Ils ne trouvèrent pas UN ruisseau, mais bien DES ruisseaux qui morcelaient la terre et creusaient des dizaines de sillons entre les vallons. Ulysse pensa à la grande illustration du système sanguin du corps humain, qui se trouvait dans le local des sciences et se dit que c'était très ressemblant. La seule différence résidait dans la présence de ponts. En effet, de petits ponts enjambaient les cours d'eau, traçant un labyrinthe complexe.

Ulysse s'approcha. D'où il se trouvait, il pouvait choisir entre cinq ponts pour amorcer sa balade.

— C'est tout comme au mini-golf, dit Ulysse. En effet, à côté de chacune des traverses se trouvait un poteau indiquant son nom.

— Tu ne croyais pas si bien dire, annonça Arion. Voilà justement le maître du jeu qui arrive.

Bien calé dans une voiturette, celui-ci parvint à la hauteur des deux compères et immobilisa son véhicule. « Alors, vous voulez faire une petite partie ? demanda-t-il. Vous trouverez tout ce qu'il vous faut ici, dans la voiturette. » Ulysse s'étira le cou afin d'examiner l'attirail en question : bâtons, balles, cartes de pointage, casquettes, etc. Il avait déjà frappé des balles de golf avec son père, mais depuis l'aventure du Hameau des verbes, il se méfiait. Tout lui semblait pourtant normal et il se réjouit de penser que, pour une fois, il aurait davantage besoin de son corps que de sa tête.

— Parfait, Monsieur, répondit donc Ulysse, confiant. Où est-ce que je commence ?

— Minute, mon petit bonhomme. Tu dois d'abord prendre connaissance des règles. Dans le cas contraire, tu pourrais ne pas être en mesure de revenir...

— Je connais déjà les règles du golf, intervint Ulysse. Tout ce que je voudrais savoir, c'est le parcours qu'il faut emprunter.

— Qui a parlé de golf ? s'enquit le maître du jeu, légèrement froissé.

— Mais... je... désolé, j'ai cru que..., bafouilla Ulysse, en tournant un regard inquiet vers Arion.

Celui-ci toussota afin de s'éclaircir la voix, mais le maître lui coupa la parole :

« Oh ! je vois. Tu t'es laissé berner par ce vieil attirail. C'est le mien, en fait. Comme je dois bientôt prendre ma retraite, je me prépare. Le matériel dont je te parlais est dans cette petite boîte, tout au fond de la voiturette. »

Le maître du jeu prit la boîte et la tendit à Ulysse en lui faisant signe de l'ouvrir. Le jeune aventurier y découvrit une vingtaine de flèches de différentes couleurs. Le maître du jeu reprit :

— Je t'explique les règles. Tu dois d'abord choisir un des cinq parcours. Méfie-toi. Ceux qui ont l'air plus faciles à traverser ne le sont peut-être pas vraiment. Tu dois ensuite apposer une flèche sur chacun des poteaux suivant le pont que tu franchis afin d'indiquer le sens dans lequel tu l'as traversé. Tu n'as pas le droit de traverser à nouveau un pont en sens inverse. Par conséquent, si tu te heurtes à une flèche, tu dois rebrousser chemin et trouver un autre pont...

Désespérée devant l'incompréhension qu'elle lisait dans les yeux d'Ulysse, madame France répétait ses explications : « Il faut prendre le temps de bien réfléchir avant de choisir des marqueurs de relation, car ceux-ci montrent la structure, l'organisation de ton texte. Ces mots sont un moyen de guider ton lecteur tout au long du texte afin qu'il comprenne bien ta pensée. Ils t'assurent aussi de maintenir son intérêt en lui mentionnant que tu ajoutes un détail, que tu donnes un autre son de cloche, que tu es arrivé à la conclusion, etc.

Justement, à la fin de ton texte, le marqueur de relation te permet d'introduire la phrase qui boucle la boucle, qui revient sur le thème ou la question présentée en introduction, mais d'une façon différente... »

— Mais... si je ne peux pas retraverser le premier pont, comment revenir ici ? s'enquit Ulysse qui entrevoyait déjà les problèmes.

— Ah ! Je vois que nous avons affaire à un jeune homme intelligent. Dans la boîte, tu trouveras trois doubles flèches qui indiquent deux directions contraires... Tu saisis ?

— Oui, j'ai compris, acquiesça Ulysse.

— Un dernier point... non négligeable, reprit le maître du jeu. Un petit défi supplémentaire, si j'ose dire... Les petits qui passent la journée dans notre parc ont bien envie d'une petite balade. Ils t'accompagneront. C'est une grande responsabilité. Tu dois les guider et t'assurer de les ramener à bon port, c'est-à-dire ici. C'est ton jour de chance, ils ne sont que 21 aujourd'hui.

Ulysse jeta un coup d'œil à Arion qui s'agitait parmi les motifs ornant sa chemise. Il trépignait, tirait sur le tissu de la manche et lançait des cris, mimant en fait tout ce que les « petits » pourraient adopter comme comportement durant la promenade. Ulysse leva les yeux au ciel, poussa un grand soupir et s'empara de la boîte en demandant : « Y a-t-il autre chose ? »

— Oui. Je vous souhaite bonne chance, lança le maître du jeu en s'éloignant.

Ulysse voulut le remercier, mais il fut interrompu par les cris des petits qui s'élançaient à sa rencontre. Toutefois, à son avis, « petit » n'était pas le mot qu'il convenait d'employer. L'adjectif « minuscule » aurait sans doute mieux décrit la réalité. En effet, la taille des « petits » s'apparentait à celle d'une balle de golf, tout comme leur forme d'ailleurs. « Heureusement, se dit Ulysse, ils sont bruyants. Autrement, je pourrais facilement leur marcher dessus. »

Le jeune garçon se dit que la tâche serait des plus ardues et qu'il lui faudrait prendre les précautions nécessaires avant de partir. Il ordonna donc aux petits de se mettre en rang, trois par trois, et les compta. Il y en avait bien 21. Il se dit ensuite qu'ils se tiendraient plus tranquilles s'ils participaient au jeu.

Il remit donc à chacun une flèche, gardant cependant pour lui les trois flèches doubles. Enveloppant ensuite du regard ce méli-mélo grouillant de couleurs, il fut pris d'un doute. Réfléchissant à voix haute, il murmura : « Comment faire pour les surveiller, pour m'assurer qu'ils ne

s'égarent pas et qu'ils ne perdent pas mes précieuses flèches ? »

Arion toussota et annonça : « Je crois que nous aurons une averse... » Ainsi tiré de sa réflexion, Ulysse leva les yeux au ciel et répondit : « Mais non, le soleil bri... Tournant la tête, il aperçut un amas de nuages noirs qui pointaient à l'ouest. Euh... oui, il faut nous dépêcher. »

— En tout cas, nous aurons sûrement droit à un bel arc-en-ciel, reprit Arion.

— Un arc-en-ciel... oui, c'est ça. Un arc-en-ciel ! s'exclama Ulysse.

Sur ces mots, il entreprit de classer les enfants selon les couleurs des flèches, lesquelles correspondaient justement aux couleurs de l'arc-en-ciel. Il pourrait donc voir, d'un seul coup d'œil, si des petits ou des flèches manquaient à l'appel. Ulysse connaissait très bien ces couleurs ainsi que leur ordre. L'an dernier, l'arc-en-ciel était le sujet qu'il avait choisi pour l'Expo Science. Il avait découvert que les couleurs sont en fait les longueurs d'onde de la lumière que les gouttes d'eau permettent d'apercevoir.

Ulysse plaça donc les enfants en rang, trois par trois, selon la couleur de leur flèche : rouge, orangé, jaune, vert, bleu, indigo et violet. Il leur dit qu'ils devaient tenir leur flèche bien haut, de façon à former un bel arc-en-ciel qui éloignerait sûrement les gros nuages. Les petits étaient ravis d'avoir ainsi une énorme responsabilité et s'en acquittèrent comme des géants.

Arion était béat d'admiration : « Ulysse, mon vieux, tu m'impressionnes. Je crois que je n'ai plus qu'à me mettre au golf, moi aussi. Vraiment, tu es un champion de l'organisation. Quelle méthode ! Quelle réflexion ! Je suis très fier de toi. Vraiment. Je savais bien que tu étais intelligent, mais je suis agréablement étonné de voir à quel point tu as su assumer cette grande responsabilité et... »

Ulysse l'interrompit : « Merci beaucoup, Arion. Mais il faudrait vraiment que nous commencions à marcher, maintenant. L'orage approche dangereusement et... »

Ce fut cette fois au tour d'Arion d'interrompre Ulysse : « Mais la partie est terminée, mon garçon. Et tu l'as menée de main de maître. »

— Comment ? Qu'est-ce que tu dis ? La partie est terminée ? Mais... le parcours qu'il fallait emprunter ?

— Crois-moi, reprit Arion, le chemin le plus difficile, tu l'as parcouru avec succès. Tu as accepté la responsabilité de ce groupe de minuscules « boules » indisciplinées sans rechigner. Tu as pris le temps de réfléchir afin de les accompagner et de les guider dans les méandres du parcours en te souciant de leur sécurité et en trouvant un moyen très original de maintenir leur attention. Dis-moi, Ulysse, à quoi crois-tu que servent les marqueurs de relation ?

Ulysse ne dit rien, mais le grand sourire qui illuminait son visage suffit à convaincre Arion qu'il connaissait la réponse. C'est au lecteur du texte de faire le parcours. Celui qui l'écrit doit seulement s'assurer que tout se passe bien et que personne ne s'égare ou n'abandonne en cours de route.

Le ciel s'était dégagé, et le silence qui s'était installé leur permit d'entendre le bruit de la voiturette du maître de jeu qui approchait. Une fois sur place, ce dernier bondit de son véhicule en brandissant sa carte de pointage, le regard brillant de fierté.

— Super ! Quel parcours ! Regardez le résultat, s'exclama-t-il en leur montrant la carte.

Ulysse s'attendait à y voir des chiffres bien alignés dans de petites cases. À la place, il découvrit cette phrase : *Logiquement tu t'insèreras, pour maintenir l'intérêt du lecteur que tu guideras.*

Arion s'étonna de la sérénité qui semblait maintenant habiter Ulysse. Au lieu de sauter de joie comme s'il avait gagné un prix, celui-ci contemplait la formule avec le sentiment du devoir accompli, il avait réussi toutes les épreuves et parcouru les cinq mondes ; il était maintenant certain de pouvoir accomplir de grandes choses. Doucement, Ulysse retira son carnet de route et son crayon de sa poche, retranscrit la formule sur la dernière page et referma le couvercle. À ce moment, le dispositif se mit à vibrer dans ses mains, et une clef munie de cinq branches qui se déployaient en cercle sortit d'un orifice apparu à son extrémité. Ulysse n'avait jamais vu une telle clef. Elle était faite d'un matériau luminescent, irisant lui aussi toutes les couleurs de l'arc-en-ciel.

Arion déclara : « Viens. Nous devons maintenant retourner à notre point de départ. »

Ulysse salua les petits qui célébraient déjà en lançant les flèches le plus haut qu'ils le pouvaient. Curieusement, une fois dans les airs, celles-ci se morcelaient pour former une pluie de confettis multicolores. C'était la fête. Puis il prit le chemin qui menait au carrefour.

6

Le trésor

Ulysse vit d'abord l'arche par laquelle il était entré dans ce monde étrange. Il sentit alors une grosse boule remonter dans sa gorge et lui piquer les yeux. Arion, maintenant très « éveillé », lui murmura : « Oui, je sais, c'est un peu triste. Cependant, je ne te quitte pas vraiment, car je fais partie de toi. Tu te souviens ? Je suis dans une autre dimension… Regarde. Le coffre est juste là. »

Arion dirigea son ami vers une espèce de capsule métallique munie d'une petite ouverture.

— C'est le moment d'insérer ta clef à cinq branches, dit Arion à Ulysse, là, dans cette fente.

— Est-ce que je pourrai la reprendre après pour la garder en souvenir ? demanda Ulysse.

— Non, elle ne ressortira pas. Mais tu pourras garder le trésor.

Ulysse prit place sur le siège devant la capsule. Il inséra ensuite doucement la clef qui fut avalée par l'étrange machine, comme les cartes bancaires au guichet automatique. Au bout de quelques secondes, la capsule

s'ébranla et s'ouvrit en deux, découvrant le fameux trésor. C'était un pendentif. La breloque, fixée sur un lacet de cuir, semblait faite d'aluminium. Il s'agissait d'un petit cylindre autour duquel apparaissaient en relief trois lignes horizontales formées d'étranges symboles. Ulysse tenta de les déchiffrer, mais n'y parvint pas. Il passa néanmoins le collier autour de son cou et, faisant pivoter le pendentif entre ses doigts, tourna les yeux vers Arion, pour lui demander son avis.

Arion n'était plus sur son épaule. La capsule et l'arche aussi avaient disparu et… madame France déclara que la période de lecture était bel et bien terminée.

Sentant des larmes prêtes à jaillir de ses yeux, Ulysse ouvrit le dessus de son pupitre et fit semblant d'y chercher son matériel. Il réussit à y dénicher un papier mouchoir avec lequel il s'essuya le nez afin d'échapper aux moqueries et aux questions de ses camarades. Toujours un peu secoué, il referma son pupitre et porta la main à son cou. Heureusement, le pendentif y était toujours.

7

Décollage dans 10, 9, 8...

Il était plus de 20 heures. Tout était calme au centre spatial. La plupart des employés avaient regagné leur domicile après une dure journée de travail, mais pas tous. Dans un coin du local, un des éminents chercheurs en astronautique demeurait encore à son poste. Et ce n'était pas la première fois. En effet, Ulysse avait travaillé tard presque tous les soirs depuis deux mois. Lui et les membres de son équipe savaient qu'ils devaient parvenir à un résultat avant la fin de l'année. Le prochain budget alloué à la recherche en dépendait. La pression était forte, mais ils approchaient du but. S'ils parvenaient à trouver la formule de ce nouveau composé, il n'y aurait plus aucun obstacle à l'expédition des astronautes sur Mars.

Ulysse et ses confrères étaient presque parvenus à trouver cette formule, mais il leur manquait encore un élément : la résistance du nouveau matériau ultra léger n'était pas assez grande.

Ulysse était penché sur son ordinateur quand Horace fit son apparition. Son vieil ami travaillait aussi dans son équipe. Il s'approcha d'Ulysse, vraisemblablement excité : « Hé ! mon vieux, tu ne devineras jamais. Je viens de recevoir un appel de l'observatoire national. On a découvert une nouvelle étoile. On dit qu'elle pourrait être le soleil d'un système très semblable au nôtre. »

— Génial ! s'exclama Ulysse. Quelle découverte ! C'est phénoménal ! Et comment va-t-on la nommer, cette nouvelle étoile ?

— Arion ! Ce n'est pas mal, comme nom…

— Oui… pas mal…

Horace annonça qu'il retournait au travail en se dirigeant vers la porte du bureau, mais Ulysse ne l'écoutait plus. Il était sous le choc. Ce nom avait fait ressurgir d'étranges souvenirs dans sa mémoire. Sa main se posa doucement sur le pendentif qu'il portait à son cou depuis l'âge de 10 ans, comme un talisman. Était-ce vraiment son père qui le lui avait offert ? Cet objet l'avait-il aidé dans la vie ? Il n'en savait rien, mais il avait atteint son but, il était devenu chercheur en astronautique.

Ulysse retira le précieux bijou et se mit à l'examiner. Les trois lignes de symboles ne lui disaient toujours rien. Il avait pourtant tenté de découvrir leur signification à plusieurs reprises. Un jour, pensant qu'il verrait les symboles autrement s'ils étaient alignés, comme une formule ou un code, il les avait reproduits sur un papier qu'il conservait dans son portefeuille. Il en sortit le feuillet encore une fois et se mit à le rouler entre ses doigts, comme il faisait toujours lorsqu'il était absorbé dans ses réflexions. Bouger les mains, travailler le papier sans trop d'attention l'aidait toujours à mettre de l'ordre dans ses idées.

« Rappelle-toi, Ulysse. Tu as déjà dit qu'avec un peu de concentration et de réflexion, on pouvait vaincre bien des difficultés. Et cela, c'est encore plus magique qu'une formule... »

— Qui a parlé ? demanda Ulysse en scrutant les alentours. Mais il n'y avait personne d'autre dans son bureau.

Ulysse prit alors une grande respiration et se détendit pour mieux se concentrer. C'est à ce moment que vint l'inspiration : plier, rouler, déplier, dérouler, superposer... Oui, c'est ça. Sans prendre le temps de réfléchir davantage, Ulysse saisit une feuille du papier fin qu'il utilisait pour tracer ses croquis. Il prit ensuite un marqueur et se mit à enduire d'encre les symboles du cylindre. Puis il fit rouler ce dernier tranquillement sur le papier-calque, de façon à en imprimer clairement les lignes. Il souffla dessus doucement pour faire sécher l'encre et prit des ciseaux avec lesquels il coupa trois bandes étroites. Tremblant d'excitation, il empila enfin les trois bandes en faisant correspondre les lignes et les fixa sur l'écran de son ordinateur où il avait ouvert un document vierge, une page blanche et lumineuse.

— Satellite en orbite… murmura Ulysse, incrédule.

Devant ses yeux était apparue la formule chimique d'un composé qu'il ne connaissait pas... Les éléments qui le formaient étaient connus, mais leur association était nouvelle, originale et surprenante... et elle se rapprochait bizarrement de la formule chimique du composé qu'il étudiait en ce moment.

Fébrilement, Ulysse la numérisa en prenant soin d'en agrandir la taille. Puis il ouvrit son dossier de travail, enregistra le résultat dans un fichier sécurisé et détruisit tous les papiers.

***

Ulysse était fébrile. Demain, le premier ministre devait lui remettre la médaille d'honneur pour avoir permis aux astronautes de se rendre sur Mars. Ne tenant pas en place, Horace tournait autour du bureau où Ulysse travaillait depuis une heure à la rédaction de son discours de remerciement.

— Ulysse, es-tu bien certain de ne pas vouloir que je t'aide ?

— Je te remercie, Horace, mais ce discours-là, je tiens vraiment à l'écrire moi-même...

FIN

Table des matières

FSC RECYCLÉ Papier FSC® C100212

Achevé d'imprimer
en novembre deux mille onze, sur les presses
de l'imprimerie Gauvin, Gatineau, Québec